Українська Бібліотека

ІНСТИТУТКА

МАРКО ВОВЧОК

Ukrainian Library

INSTYTUTKA

MARKO VOVCHOK

Видавці Максим Ходак і Макс Мендор

Publishers Maxim Hodak and Max Mendor

www.glagoslav.nl

ISBN: 978-1-80484-108-2

МАРКО ВОВЧО

ІНСТИТУТК

УКРАЇНСЬКА БІБЛІОТЕКА

МАРКО ВОВЧОК

ІНСТИТУТКА

GLAGOSLAV PUBLICATIONS

ЗМІСТ

Про автора 7
Вступ 9

Глава I 12
Глава II 14
Глава III 17
Глава IV 19
Глава V 20
Глава VI 22
Глава VII 23
Глава VIII 24
Глава IX 26
Глава X 28
Глава XI 29
Глава XII 30
Глава XIII 32
Глава XIV 34
Глава XV 36
Глава XVI 38
Глава XVII 40
Глава XVIII 41
Глава XIX 42
Глава XX 43
Глава XXI 45
Глава XXII 47

Глава XXIII 48
Глава XXIV 49
Глава XXV 51
Глава XXVI 52
Глава XXVII 53
Глава XXVIII 54
Глава XXIX 56
Глава XXX 58
Глава XXXI 59
Глава XXXII 61
Глава XXXIII 63
Глава XXXIV 64
Глава XXXV. 66
Глава XXXVI 67
Глава XXXVII 69
Глава XXXVIII. 70
Глава XXXIX 72
Глава XL 74
Глава XLI. 75
Глава XLII 78
Глава XLIII 80
Глава XLIV 82
Глава XLV 83
Глава XLVI 86
Глава XLVII. 88

Примітки 89

ПРО АВТОРА

Марко Вовчок (1833-1907) – українська письменниця. Справжнє ім'я: Марія Вілінська, прізвище за першим шлюбом: Маркович, прізвище за другим шлюбом: Лобач-Жученко. Її псевдонім, Марко Вовчок, було придумано Пантелеймоном Кулішем. Твори Марко Вовчок мали антикріпосницьку спрямованість та описували історичне минуле України. У 1860-х роках Вовчок здобула значне літературне визнання в Україні після публікації в 1857 році українською мовою збірки «Народні оповідання». З точки зору літературної художньої творчості, Марко вважається однією з перших впливових модерністських авторок в Україні. Її твори «визначили розвиток українського оповідання». Також вона збагатила українську літературу рядом нових жанрів, зокрема, соціальної повісті («Інститутка»). Повість «Маруся», перекладена та адаптована на французьку мову, стала популярною в Західній Європі наприкінці 19 століття.

Марія Вілінська народилася в 1833 році в Орловській губернії Російської імперії в сім'ї армійського офіцера та дворянки. Після смерті батька у віці 7 років вона виховувалася на маєтку своєї тітки, а потім відправилася на навчання спочатку до Харкова, а потім до Орла. У 1851 році вона переїхала до України, одружившись з Афанасієм Марковичем, фольклористом та етнографом, який був членом Братства святого Кирила і Мефодія. З 1851 по 1858 рік вона жила в Чернігові, Києві та Немирові, допомагаючи своєму чоловікові в його етнографічній роботі та вивчаючи українську культуру та мову.

Твори Марко Вовчок мають велику цінність для України з кількох причин:

Соціальна тематика: Більшість її творів мають антикріпосницьку спрямованість. Вони відображають життя простих людей, їхні страждання та боротьбу за свободу в умовах кріпацтва. Це допомагає сучасному читачеві зрозуміти соціальні проблеми та конфлікти того часу.

Літературний новаторство: Марко Вовчок вважається однією з перших впливових модерністських авторок в Україні. Вона збагатила українську літературу новими жанрами, зокрема соціальною повістю.

Збереження та популяризація української культури: Її робота над «Народними оповіданнями» та іншими етнографічними матеріалами допомогла зберегти та популяризувати українські народні традиції, мову та культуру.

Міжнародне визнання: Деякі з її творів, такі як «Маруся», були перекладені та адаптовані на інші мови, зокрема на французьку, і стали популярними в Західній Європі.

Вплив на інших письменників: Твори Марко Вовчок визнали та захоплювалися такі видатні літератори, як Тарас Шевченко та Іван Тургенєв.

Роль жінки-письменниці: Вона була однією з небагатьох жінок свого часу, яка змогла досягти визнання в літературі, що підкреслює її винятковий талант та відданість справі.

У підсумку, твори Марко Вовчок є важливою частиною української культурної спадщини, яка відображає історичні, соціальні та культурні реалії її часу. Її вклад у розвиток української літератури та культури не може бути переоцінений.

ВСТУП

«Інститутка» – це один з її найбільш відомих та обговорюваних творів. Історія молодої дівчини, яка потрапляє до жіночого навчального закладу великого міста, відкриває перед читачем світ внутрішніх конфліктів, соціальних тисків та жіночої солідарності. Через призму особистого досвіду головної героїні Марко Вовчок розглядає ширші соціальні питання: ставлення до жінок у суспільстві, освіти, сімейних цінностей та ін.

Твір «Інститутка» не лише розкриває життя у вищих навчальних закладах для дівчат у XIX столітті, але й показує, як важливо було для жінок того часу знайти своє місце в суспільстві, яке часто обмежувало їхні права та можливості.

Цей твір є відображенням глибоких соціальних змін, які відбувалися в Україні та Російській імперії в цілому. Читаючи «Інститутку», ми можемо краще зрозуміти, як формувалися сучасні уявлення про роль жінки в суспільстві, а також оцінити внесок Марко Вовчок у розвиток української літератури.

Цей твір є відображенням глибоких соціальних змін, які відбувалися в Україні та Російській імперії в цілому. Читаючи «Інститутку», ми можемо краще зрозуміти, як формувалися сучасні уявлення про роль жінки в суспільстві, а також оцінити внесок Марко Вовчок у розвиток української літератури.

ІНСТИТУТКА

ГЛАВА І

Люди дивуються, що я весела: надійсь, горя-біди не знала. А я зроду така вдалася. Уродись, кажуть, та і вдайся… Було, мене й б'ють (бодай не згадувать!) – не здержу серця, заплачу; а роздумаюсь трохи – і сміюся. Бува лихо, що плаче, а бува, що й скаче, – то так і моє лишенько. Якби мені за кожною бідою моєю плакати, досі б і очі я виплакала. Батька-матері не зазнаю: сиротою зросла я, при чужині, у людях. Хоч не було діла важкого, – так забували про мене, чи я не голодна, не холодна, чи жива я…

На десятоліттях взяли мене в двір. Стара пані була не що, сумирна собі, – може, тому, що вже благенька була, ледве ноги волочила, а заговорить – тільки шамшам, одразу й не розбереш; так куди вже бійка! не на умі. Увесь день на ганочках; нічка йде – охає та стогне. А за молодого віку, славлять, вигадочки були чималі і в неї… та треба ж колись і перестати.

За мене, то вже в дворі жили ми спокійненько; одно було горе, що з двору й ступити не пустять. Хіба вже на велике свято, що до церкви одпросимось, а в неділю й не думай. «Розволочитесь, – було, каже пані гніваючись, – не пущу!.. Не той ще вік ваш, щоб бога пильнувати: ще матимете час, – не зараз вам умирати».

Сидимо, було, день при дні у дівочій та робимо. А тихо коло тебе, як зачаровано. Тільки пані заоха або хто з дівчат на ухо за чим озветься, котора зітхне з нуду. Докучає, було, та робота, докучає, – аж пече; та що врадиш? Спасибі хоч за те, що не б'ють десять раз на день, як от по інших чуємо.

А як коли, то, було, звеселіємо не знать чого. Веселенько нам, – аж серце трепече! Коли б воля, заспівав би так, щоб і на селі лунало… Не всмілимось!.. Ізглядуємось, та сміх нас так і бере. То одна моргне бровою, а друга їй одморгує; то прив'яжуть тую до стільчика косою; інша зскочить та почне вистрибувати дибки-дибки, щоб пані не почула, – крутиться, вертиться, тільки рукава май-май-май… Чого, було, не виробляємо!

У старої пані не було роду, окрім мала собі унучечку, – у Києві обучалась у якомусь там… от коли б вимовити… ін-сти-ту-ті… Було частенько до старої листи шле; а стара тії листи щодня вичитує, – і попоплаче над ними, і попосміється. Коли пише унучечка, щоб уже приїздити за нею та додому забирати… Мати божа! увесь будинок зворухнувся: білити, мити, прибирати!.. Панночки сподіваємось! Панночка буде!

Стара пані немов одужала: коливає з кімнати до кімнати, виглядає у кожне віконце на шлях і нас туряє за село дивитись, чи не їде панночка. А нам того й треба. Ми за той тиждень, що її виглядали, сказать, нажилися. Шлють, то біжимо-летимо… Весело зочити степ, поля красні!.. Степ зелений наче в тікає в тебе перед очима далеко кудись, далеко… Любо на волі дихнути!

Квіток, було, назриваєм та позаквітчуємось, як молоді, та до самого двору тими вінками величаємось. А вступаючи в двір, схопимо з себе, позакидаємо, – та так було жалко тих вінків кидати, так жалко!

ГЛАВА II

Діждали панночки, приїхала… І що ж то за хороша з лиця була! І в кого вона така вродилася! Здається, і не змалювати такої кралі!.. Стара як обійняла її, то й з рук не випускає; цілує, й милує, та любує. І по кімнатах водить, усе показує, усе розказує; а панночка тільки обертається туди-сюди та на все цікавим оком спозирає.

Посадовила її стара за стіл. І плаче, і радіє, і розпитує, і частує: «Може, тобі того з'їсти? може, того спити?» Наїдків, напитків понастановлювала; сама сіла коло неї, – не надивиться. А панночка усе прибира, наче той горобець, хутенько й чистенько. Ми з-за дверей дивимось на них і слухаємо, що то панночка говоритиме, – чи не дійдемо, які там у неї думки, яка вдача, звичай.

– Яковось-то жилося тобі, серденько, самій? – питає стара. – Ти мені не кажеш нічого.

– Ай, бабусечко! Що там розказувати! Нуда така!

– Вчили багацько?.. Чого ж вивчили тебе, кришко?

– От захотіли що знати!.. Добре вам, бабуню, було тут жити на волі; а що я витерпіла за тим ученням!.. І не нагадуйте мені його ніколи!

– Голубочко моя!.. Звісно вже – чужі люди: обижали тебе дуже… Чому ж ти мені зараз сього не прописала?

– Що се ви, бабуню? Як можна?.. Зараз дознаються...

– Бідолашечко моя!.. Скажи ж мені, як тебе там кривдили тії невірні душі?

– Ох, бабусечко! І морено, й мучено нас – та все дурницею. І те вчи, і друге, й десяте, й п'яте… товчи та товчи, та й товчи!.. Нащо мені те знати, як по небу зорі ходять або як люди живуть поза морями та чи в їх добре там, та чи в їх недобре там? Аби я знала, чим мені себе між людьми показати…

– Та нащось же учаться люди, моє золото. От і наші панночки – на що вже бідота, а й ті верещать по-французькій.

– Е, бабуню!.. – защебетала панночка. – До французької мови і до музики добре і я бралась, – до танців тож. Що треба, то треба. На се вже кожний уважає, кожен і похвалить; а все інше – тільки морока… Учись та й забудь! І тим, що учать – нуда, і тим, що вчаться – біда. Багацько часу пропало марно!

– Так як же оце? Погано вчать?

– Кажу ж вам, що й нудно, і погано, й марно. Вони тільки й думають, як би їм гроші виплатили, а ми думаємо, як би хутче нас на волю випустили… Чого ж ви задумались, бабусю?

– Та то, серденько, що гроші брали за тебе добрі, а вчили погано. Що ж, як ти далі і все позабуваєш?

– Чи подоба ж се, бабуню? Бог із вами! Як же б то між гостями або в гостях позабувати музику, або танці, або хоч би й мову французьку?.. А про ту заморську нісенітницю, то я в одно ухо впускала, а в друге випускала, та й зовсім-таки не знаю. Цур їй!

– А як же часом хто в тебе спитає, як там тії зорі по небу ходять, абощо? Люди й осудять зараз: вчилася, та й не тямить!

– Та що се ви, бабусю? Та се я тільки вам призналась, що не знаю, а чужі зроду того й не дошимраються[1], нехай хоч цілий день питають. Я зо всього викручусь, іще й їх оступачу, – он як, бабусю! Хочете, я вам заспіваю? Слухайте!

І заспівала, затягла, – наче теє срібло пересипається.

Стара її цілувати: «Серденько моє! Втіхо моя!» А панночка до неї ласиться та просить:

– Купіть мені, бабусечко, по новій моді убрань хороших!

– Про се не турбуйся, дитя моє. Буде в тебе всього. Ти в мене будеш царівна над панночками!

Ми, дівчата, ізглядуємось: чого там панночки нашої не навчено! А найбільш, бачця, людей туманити[2]!

ГЛАВА III

– Ходім лишень, голубко, – говорить стара пані, – я хочу, щоб ти собі обрала котру дівчину.

Та й веде її до нас.

Ми од дверей та в куток, та купою в куточку й збилися.

– Се ваша панночка, – промовляє до нас пані. – Цілуйте її в ручку.

Панночка, чи глянула на нас, чи ні, простягла дві пучечки поцілувати.

Стара всіх нас показує, – се Ганна, а се Варка, а се Домаха...

– Боже мій! – аж крикнула панночка, разом стрепенувшись і в долоні сплеснувши: – Чи зуміє ж хто з вас мене зачесати, ушнурувати?

Стоїть і руки заложила, і дивиться на нас.

– Чому? – каже стара. – Зуміють, серце. А ні, то навчимо.

– Як тебе зовуть? – питає мене панночка та, не слухаючи мене, до панії: – Ся буде мені!

– Так і добре ж; яку схочеш, серце: нехай і ся. Гляди ж, Устино (на мене), служи добре, – панночка тебе жалуватиме.

– Ходім уже, бабуню; годі вже! – перехопила панночка; сама скривилась і перехилилась набік, і очі чогось заплющує, і з місця зривається, – от стеменний[3] кіт, як йому з люльки в уса пихкають…

– Треба ж, голубко, – каже стара, – її на розум навчити: се дурні голови. Я скажу те, а ти що друге, то й вийде з неї людина.

– Шкода, бабуню, що спершу їх не вчено! Тепер порайся! Було яку віддати до міста.

Та й говорять собі, наче про коней, абощо.

– Ой, Устечко! – журяться дівчата, – яково-то буде тобі, що вона така непривітна!

– А що ж, – кажу, – дівчата! Журбою поле не перейдеш, та й од долі не втечеш. Яково буде – побачимо.

Та й собі задумалась.

ГЛАВА IV

Увечері кличуть: «Іди до панночки – розбирати».

Ввійшла; а панночка стоїть перед дзеркалом і вже усе зриває з себе.

– Де се бігала? Швидше мене розбирай!.. Швидше: я спати хочу!

Я розбираю, а вона все покрикує на мене:

– Та хутче ж бо, хутче!

Кинулась на ліжко:

– Роззувай!.. А вмієш ти волосся звивати? – питає.

– Ні, не вмію.

– Боже мій! Горе моє! Яка ж вона дурна!.. Іди собі!

Дівчата вже мене дожидають:

– А що, Усте? Що, сестрице? Яка вона, голубко?

Що їм казати?

– Дурна я, – кажу, – дівчата, бо не вмію кіс ізвивати!..

ГЛАВА V

Другого дня ранесенько прокинулась наша панночка. Умилась, прибралась, оббігла усі будинки, увесь двір, і в садку була. Така веселенька.

– Дома я! – каже. – Дома! Усе мені вільно!

Цілує стару панію та раз у раз питає:

– Чи скоро в гості поїдемо, бабусечко? А коли гості до нас наїдуть?

– Та нехай же я перше сама тобою натішусь, рибко, нехай на тебе надивлюся!

– Та коли ж то вже я діждусь, бабуню! В мене тільки було й думки, що приїду додому – весело буде, людно, музики, танці… Бабусенько мила, люба!

– Ну, добре, пташко! Нехай трошки приберемось, та тоді вже зараз і гостей проситиму.

Почалось прибирання теє. Стара скрині з комори викочує та оксамити, рубки[4] тонкії вибирає, та кроїть, та приміряє на панночку. Панночка аж підскакує, аж із радощів червоніє. То до одного дзеркала скочить, то у друге зазирне; склянку води візьме, то й там любує, яка вона хороша. То заплете коси, то розплітає, то стрічками перев'є, то вквітчається…

– Ах, бабусечко, – було викрикне, – коли вже я в атласову сукню вберуся?

– Як заручишся, дитино моя, – одказує стара. – Дам тебе за князя чи за графа, за багатиря всесвітнього!

А панночка й голову задерла, і виступає так, наче вже вона княгиня великородна.

Та тільки в них і мови було, що князі та пани вельможнії. Було, і к весіллю зовсім приберуться, і будинки поставляють кам'яні, і коней вороних позапрягають, – аж лихо! Пересипають такеньки, пересипають, – панночка й зітхне:

– Що, бабуню! Тільки говоримо… І досі ще нікого в нас не було!

– Та зажди ж бо трохи: наїде такого, що й не потовпляться.

ГЛАВА VI

Та й справді перхнуло до нас гостей, – як на погориджу[5]. Одні з двора, а другі у двір. Нема нам ні сну, ні спочивку: бігаємо, вслугуємо, клопочемось з ранку до вечора. Часом така юрма їх ужене, що дивуємось, яких-то вже між ними панів нема! Все теє регочеться, танцює, їсть, п'є; все теє гуляще, дак таке випещене! Інша добродійка у двері не втовпиться. А паничів що то в нас перевернулось! Аж роєм коло нашої панночки звиваються, – так, як ті джмелі, гудуть. Обійшла либонь вона їх усіх, – кого словами, а кого бровами: одного на здоров'я любенько питає; другому жалиться, що без його чогось їй смутно та дивно; которого коло себе садовить, скажи, начеб свого посім'янина. Бідахи розкохались, аж зовсім подуріли, з лиця спали, схнуть. День у день наїздять до нас, одно одного попереджаючи та зизим[6] оком накриваючи. Чи так вона всім до душі прийшла, чи не було їм тоді чого іншого розважитись, тільки так комахою й налазять і налазять. Бо, бач, чим їм у світі розважитись? Як свій молодий вік собі скрасити?.. Солодко з'їсти, п'яно спити, хороше походити, – а більше що?

ГЛАВА VII

Потроху та помалу усе панночка на свій лад перевернула, – життя і господарство.

– Покиньте ж бо, покиньте, бабуню, плести! Хіба нікому в вас діла робити? Хто приїде, а ви все за чулкою манячите, наче прислужниця, абощо.

– Та нудно без роботи, дитино! – одказує стара.

– Візьміть книжку почитайте.

– Що я читатиму? Я вже не бачу читати.

– То так погуляйте, тільки, голубочко, не плетіть! Ви мені лучче око викольте тим дротиком!

– Та добре ж, добре, угамуйся!

Покине плести стара й нудиться. Убрала її панночка у чіпчик з стрічками рябенькими та й посадовила на кріслечку серед кімнати. Приїдуть гості – вона напоготові, привітає їх.

Стара вже світом нудить, а панночка втішається:

– Як славно, бабусечко, як славно, як у нас велично та пишно!

ГЛАВА VIII

Нас, дівчат, усіх гаптувати посадовила. Сама й учить та раз по раз надбіга, чи шиємо. І обідати йдемо, то вона хмуриться і свариться.

Далі вже що день, то вона сердитіша; вже й лає; часом щипне або штовхне стиха… та й сама почервоніє як жар, – засоромиться. Поки ж тільки не звичилася; а як оговталась, обжилася, то пізнали ми тоді, де воно в світі лихо живе.

Прийду, було, її вбирати, то вже якої наруги я од неї не натерплюся!.. Заплітаю коси – не так! Знов розплітую та заплітаю, – знов не так! Та цілий ранок на тому пробавить. Вона мене й щипає, і штирхає, і гребінцем мене скородить, і шпильками коле, і водою зливає, – чого, чого не доказує над моєю головонькою бідною!

Одного разу дожидали в нас полкових з міста. Двір замели ще звечора; у будинку прибрали, як ік великодню. Сіла панночка зачісуватись… Лишечко ж моє! Лучче б жару червоного у руку набрала, як мені довелось тманіти коло її русої коси!.. І така, і онака, і геть-пріч пішла, і знов сюди поступай; і пхати мене, і наскакувати на мене, – аж я злякалась! Та репече, та дзвякотить, та тупоче-тупоче, а далі як заплаче!.. Я в двері, а вона за мною в сад: «Я тебе на шматки розірву! Задушу тебе, гадино!» Оглянусь я на неї, – страшна-така зробилась, що в мене й ноги захитались. Вона мене як схопить за шию обіруч!.. Руки холодні, як гадюки. Хочу скричати, – дух мені захопило, так і рухнула коло яблуні, та вже од холодної води прокинулась. Дивлюсь – дівчата коло мене скупчились, білі усі як крейда. Панночка на стільчику розкинулась, плаче; а стара над моєю головою стоїть і так то вже мене лає, така вже люта, – аж їй у роті чорно.

– Що ти накоїла, ледащо! Як ти сміла панночку гнівити? Я тебе на Сибірю зашлю! Я тебе з світу зжену!

А панночку вмовляє:

– Не плач, не плач, янголяточко моє: сліз твоїх вона не годна! Ще занедужаєш, боже борони, чого! Бач, рученьки холоднісінькі. Буде-бо вже, буде! Нащо сама берешся? Мені внось, що тобі не вгодно.

– А тобі, ледащице (знов свариться на мене), – а тобі буде!..

Та й не знаю, як ще другої біди вбігла, що мене не бито. Мабуть, того, що вже дуже була я слаба, – так пані тільки ногою мене совманула та зараз і звеліла дівчатам до хати однести.

Дівчата підняли мене й понесли, а в хаті так і впади коло мене плачучи:

– Устино, серденько! Оплакана годинонька твоя!.. Мати божа! За що се над нами таке безголов'ячко?

ГЛАВА IX

Цілу весну мене теплим молоком напували, поки я трохи оченьпала[7].

Лежу сама, – усі на панщині, – лежу та все собі думаю: «Таке молоде, а таке немилосердне, господи!»

У хаті холодок і тихо; стіни білі й німі; я сама з своєю душею. Вітерець шелесне та прихилить мені у віконце пахучий бузок. Опівдня сонячний промінь гарячий перекине через хату ясну стягу[8] трепечущу… наче мене жаром обсипле. Душно мені, дрімота, а сну немає. І так усе сама-самісінька із своїми думками – як у світі жити! Рада, було – боже мій, як рада! – коли зашумить садок, стемніє світ і загурчить дощ об землю!.. От, чую, щось затупоче… регіт і гомін… у хату до мене зграя дітей усипле. Веселі, червоні; вітають мене; вприскають мене дощем із себе; пнуться на вікно, нетерплячі, коли той дощ ущухне; співають, вигукують:

Зійди, зійди, сонечко,
На попове полечко,
На бабине зіллячко,
На наше подвір'ячко!

Скоро сонечко з-за хмари виграло, вони так і замелись із хати. А мені ще довго-довгенько оддається то у тому кутку регіт, то у тому, наче хто у дзвіночки срібні видзвонює.

Увечері, смерком уже, вертаються з панщини люди, потомлені і варом соняшним, і тяжкою працею; всі мовчать – хіба який зітхне важко або заспіває сумної, сумної стиха…

Часом несподівано котора дівчина вбіжить до мене з будинку.

– Устино! Голубко!

– А що там у вас діється, сестрице? – спитаю її.

– Хоч не питай, Устино, – лихо! Ганну сьогодні били, учора Параску, а завтра, мабуть, уже моя черга. Ой, матінко, коли б там не огледілись іще за мене! Ох, Усте, бідна наша голівонька!

– Про мене нічого?

– Де б то нічого!.. Чому не йде до свого діла? Що вона ніжиться, мов пані з Басані? От що, коли хоч знати… Ой, забарилася ж я! Бувай здорова, Устинко!

ГЛАВА X

Одного ранку лежу я та думаю, коли в хату вбігла Катря.

– Іди, йди, хутенько йди, Усте!

– Куди йти?

– До панночки, до панії! Та хутенько ж бо, Усте! Послали по тебе, щоб зараз ішла. Панночка пожалувалась на тебе старій, що ти вже зовсім одужала, та не хочеш робити, служити. Іди ж бо, йди!

– Як же йти, Катре, не здолію я по землі ступати!

– Я тебе доведу, голубко! Зможися, щоб іще гірш тобі не було. Ходім-бо, ходімо!

Ледве я доплелась до будинку. На порозі стріла панночка.

– Чого се ніжишся? Чому не йдеш служити? Ледащо ти! Постривай! Я тобі таку кару вимислю, що ти й не бачила й не чула.

Та кричить же то, боже! Аж задихалась, штовхає мене, за рукав смикає… Годинонько ж моя! Як вона охижіла, яке страшне зробилося в неї те личко гожеє!..

На той крик і пані не задлялась[9] прилізти… Давай мене лаяти. Ще нахвалялась і бити. А ми, спасибі богу, того не дознавали од неї, поки не вселилась панночка. Всчалися тоді в нас карності щоденні, щоденний плач. Чи хто всміхнеться (не часто всміхалися!) – панночка біжить до старої: «Бабуню, мене не шанують!» Чи хто заплаче: «Бабуню, діла не роблять, та ще й плачуть!» Та на всіх такеньки вадить та й вадить навадниця наша. А стара лютує, нас карає, – молодий вік ізгадала!

ГЛАВА XI

Тільки і дишемо, було, як наїде гостей-паничів та трохи забуде про нас панночка. Вийде до них – ляскотить по-пташиному, привітна, люба – і що то? – не пізнати!.. А вже як ті паничі коло неї… Той поруч із нею шиється, а той з кутка на неї очима світить; сей за нею у тропу точиться, а той знов збоку поглядом забирає. Вона ж між ними, мов тая перепеличка, звивається.

– Которий-то з них попадеться? – говоримо, було, дівчата… – Дознає неборак, почім ківш лиха!

Спершу стара пані тішилась велико тими гостьми, а далі, як почались між ними сварки, стала думати та гадати: – не рада вже їм, да не одбити. Наїде їх силечка одна, та кожний же то домагається панноччиного привіту собі; один одного зневажає, та й сваряться і гризуться. Почала вже їх стара пані собаками (за очі) взивати. Аж так над осінь доля панноччина прийшла – і шарахнули вони усі од неї врозсип, себе самих соромлячися.

ГЛАВА XII

Спізнався з панночкою полковий лікар та й почав щодня вчащати. Такий він був тихий, звичайний, до кожного привітний, – і на панича не походив!.. А як з нею спізнався? Вже давненько панночки приїжджі переносили, що який-то вже там лікар полковий хороший: і брови йому чорні, і уста рум'яні, і станом високий, – така вже краса, що й не сказати! Тільки що гордий дуже, – на жодну не погляне, не заговорить, хоч там як до його не заходь…

Панночка, чуючи таке, було, частенько говорить старій:

– Якби ви, бабусечко, того лікаря до нас завітали, – нехай побачу, який!..

А стара, було, на те:

– Моя дитино, нацокотали тії верхоумки скосирні, а ти віри пойняла… Велико диво – полковий лікар! Се злидні, бідота! Що тобі з такими заходити?

– Та нехай я тільки його побачу, бабуню! Чи справді він такий, як славлють.

– Цур йому! Ще вв'яжеться! І так уже багато коло тебе звивається, а жоден не сватає. Один одного перебиває та сваряться, – бодай ви виказились!

От же як стара одмагалась! А внучечка як на пню стала: лікаря та й лікаря! Першого ж наїзду, як жарнув полковий начал, мусила стара ними переказувати, що лікаря до себе в гостину запрошує. Ті живо погодились: «Привеземо, привеземо», кажуть.

– А коли ж ви нас одвідаєте? – питає панночка, сюди-туди обертаючись та в вічі їм заглядаючи, немов як лисеня. – Чи хутко?

– Коли ви такі ласкаві, то ми й позавтрьому будемо, – кажуть гості, як на ногах не підлітуючи.

І поїхали, раденькі що дурненькі.

ГЛАВА XIII

Та вже й убралась того дня панночка хороше! А стара супиться та все бурчить:

– Нащо нам та голь нещадима здалася!

Панночка наче не чує того слова. Стара тільки тим виміщає, що нас душить.

Коли наїхали полкові, а лікаря нема. «Дякує, – кажуть, – за ласку, та нема в його часу ані години: недужих у його багато, – лічить».

– І не силуйте його, – каже стара, – нехай лічить з богом!

Панночка тільки почервоніла і уста закусила.

Та й було ж нам, як гостей випроводили! За все ми одтерпіли!..

Того ж таки тижня самого занедужала панночка. Охає і стогне, і кричить. Стара злякалась, плаче, по лікаря шле. А полковий знающий, кажуть, та й живе ближче за всіх, – по його!

Тим часом панночка вбралась якнайкраще та й лежить у ліжку, як мальована, – дожидає.

Приїхав він, подививсь, розпитав. А вона ж то вже – і голівку хилить, і говорить, помісь[10] співає. Побув яку годинку та й прощається: «Завтра навідаюсь».

Стара пита у внучечки, внучечка задумалась, – тільки їй на питання головою киває. А як стара спитала: «Що, як лікар? Показався як?», то вона стрепенулась:

«Гордий, – каже, – такий, як пан вельможний… І що він собі думає!»

Лічив-лічив той бідолаха та й закохався. Покохала його й панночка. Почули духом паничі, куди потягло, – постерегли одразу, що воно є, та й зслизли.

Стара пані тільки що головою в мур не б'ється, та нічого не врадить: «Як ви мені, бабуню, на перешкоді станете – умру!.. І не гомоніть! Не одмовляйте! Змилуйтеся!»

Стара й годі, тільки охає.

ГЛАВА XIV

Спустіло панське подвір'я; не тупочуть коні, не торохтять коляси. І панночка тихша: не лає, не б'є, не обскаржує, – все сидить та думає.

Було, скоро сонечко вийметься, лікар і котить удвуконь. Панночка вже дожидає коло вікна, гарна та убрана, і рум'яніє, як червона маківка. Він хутенько вбіжить. Яка з нас під той час мигнеться: «Здорова була, дівчино! А що панночка?»

Цілий день прогостює, було. Усе коло панночки сидить, не відступає й ступня. А стара пані то з тих дверей зирк, то з других зирк, та прислухається, що вони там між собою говорять удвійзі, та вже така її досада гризе, що вони вкупці, а розлучити несила: боялася й вона унучечки.

Ото вже й сватає він панночку. Плаче стара і журиться тяжко:

– Я ж сподівалась тебе за князя дати, за багача, за вельможного!

– Ох, боже ж мій! – крикнула панночка плачучи. – Та коли б він був багатий та вельможний, я б і гадки не мала! Давно б уже була за ним! Та коли ж таке безталання моє! Така мені доля гірка випала!

– Та хіба ж таки кращих за його нема? – не сміючи вже одмовляти, а тільки ніби питаючи, озветься знов стара.

– Для мене немає у світі кращого, – нема й не буде!

Засумувала панночка, аж змарніла і зблідла. Стара зовсім скрутилась, – не зна далі, на яку ступити. Наменене на те, що не йди за його, – унучечка у гнів та у плач великий. Хоче втішити: «ось поберетесь», – унучечка свою долю проклинає:

– Се господь мені лихо наслав, – каже, – і як тому лихові запобігти, не знаю.

Молодий став помічати, турбується:

– Що таке? Чого смутна?

– Та я не смутная…

– Скажи мені усю правдоньку, скажи! – просить, у руку її цілує.

– Поберемось, – говорить вона йому, – а як жити з тобою будемо? Вбого!

– От що тебе журить, серденько!.. Нащо нам теє панство, багатство, коли буде наше життя красне, наша доля весела?

– Бач, ти об мені й не думаєш! – одмовля йому. – А любо ж тобі буде, як приїде хто до нас та буде з нас глумитись: «от живуть-бідують!»

Та й заплаче.

– Серденько моє, що ж мені, бідному, в світі робити? Де взяти? Я зроду не жадав багатства, а тепер прагну всіх розкошів для тебе, тобі на втіху… Що ж я вдію? Рад би я, – каже, – небо прихилити, та не хилиться!

І почнуть отак обоє собі журитись.

ГЛАВА XV

Любила вона його, та якось чудно любила, не по-людськи. Ото навернеться, було, хто з панночок-сусідок, допитуються:

– Чи правда, що тая гординя та в тобі закохався?.. Сватає?.. Ревнивий?.. Які дари тобі дарує?.. Чи ти його поважаєш, чи він тебе слухає?

– Вважайте самі, – одказує панночка всміхаючись.

Та й почне перед панночками наругу на його зводити.

– Слухайте, – каже до його, – їдьте до міста та купіть мені те й те, та хутенько! Поскоріться ж, щоб я не гнівалась!

Він зараз їде, купує там, що казано.

– Боже мій! Чого се понакуповували? Я сього не хочу! Їдьте та змініть! Мені такого не треба! От добро вишукали!

Знов їде він, міняє.

Або так. Хоче він води напитись, – вона:

– Не пийте, не пийте!

– Чому?

– Я не хочу! Не пийте!

– Та коли ж я хочу пити!

– А я не хочу! Чуєте? Не хочу!

І вже так гляне чи всміхнеться, що він послухає. Коли то й розгнівається, одвертається од його, не говорить. Він уже і перепрошує, і благає – трохи не плаче.

Панночки приїжджі дивуються:

– Ото! Чи хто сподівавсь од його такого кохання! І що ти робила? Як ти бога просила?

Наша панночка тільки всміхається.

Питають, що він їй подарував, – вона перед ними стеле оксамити та атласи, що від старої панії має, та хвалиться:

– Це він мене обдарував!

Чудне панське кохання!

А він на тих сусідочок важким духом дише: бодай їх слід запав!

Стара тим часом розпитує про його, як він собі мається, та й напитала, що в його хутір є.

– Дитино моя! В його хутір є!

– Справді? – покрикне панночка, зірвавшись з місця. – Де? Хто казав?

– Та не дуже далеко за містом. Недавно, кажуть, од якоїсь тітки у спадку йому дістався. Тітка була бездітна; він на її руках і виріс.

– Ах, боже ж мій милостивий! Чому ж се він мені не похвалився? Мабуть, невеличкий хуторець, – нічим гаразд хвалитись. А все ж хутір! Усе ж держава!

Стріла його веселенька, привітала любо, а він радіє. Не знає, що то вітають не його, – хуторець вітають!

ГЛАВА XVI

Об різдві їх заручили. Гостей-гостей наїхало!.. Панночка така весела, балаклива; очі блищать; водиться з ним попід руки. А він і очей з неї не зведе, – аж спотикається на ході. Гульба точилась до самого світу.

Отже, скоро жених і гості з двора, панночка в плач. Плаче та на свою долю нарікає:

– Що се я поробила! Що се я починила! Та яке моє життя буде вбоге! Нащо мене мати на світ породила! Горенько моє! Доля моя сирітська!

Стара тим і заручинам не рада, та втішає унучечку, вмовляє:

– Чого плакати, моя дитино? Годі ж бо, годі!

– Чому господь не дав йому панства-багатства! – викрикне панночка та так і вмиється слізоньками, по кімнаті бігає, руки заломуючи.

– Дитино моя! Серце моє! Не плач!.. Не будеш ти багатша од усіх, та й убогою не будеш. Усе, що я маю, все твоє.

Вона як кинеться до старої, обіймає, цілує:

– Бабусечко моя, матінко! Дякую вам з душі, з серця! Аж світ мені піднявся вгору! Одродили ви мене, рідна матінко!

– Годі вже, годі, а то й я зарюмаю! Оце ж бо! – промовля стара, та й сама плаче, й сміється.

– Бабусечко, голубочко! То ви з нами житимете?

– Чого б то й бажати, та не випадає. Я такеньки міркую: зостанусь я – тутечки, у Дубцях, буду вам господарства доглядати, поряджати, а ти у хуторі хазяйствуй. А що ж? Чи там, чи там покинути, – і хазяйство переведеться, і впокою душі не матимеш. Панське око товар тучить, – недурно сказано.

– Добре, добре, бабусю! Нехай так буде!.. Ах, бабусю, ви мене, кажу, на світ одродили!

– То будь же в мене веселенька, – не плач…

– Не буду плакати, бабуню, не буду!

Тільки що жених на поріг, панночка до його:

– Бабуня нам Дубці дає! Бабуня Дубці дає!

Він спокійненько собі й каже, ласкаво їй усміхаючись:

– Ти радієш, то й я рад. Я сам дуже люблю Дубці. Тут ми спізнались і покохались… Пам'ятаєш, який був тоді садок зелененький, квітчастий, – як, було, з тобою походжаємо, говоримо?

А вона йому:

– Садок зелененький, садок квітчастий… Ти згадай, серце, які Дубці дохідні!

Молодий аж іздригнувся і дивиться на неї, – ніби його щось разом здивувало, злякало, у серце вжалило…

– Що ж? – питає панночка. – Чого на мене дивишся так? Хіба я що нелюдське сказала? Хіба не хочеш зо мною хазяйнувати?

І бере його за руку, сама всміхається любенько. І він усміхнувся:

– Ти ж моя, – каже, – хазяєчка кохана!

ГЛАВА XVII

Повеселішала панночка, клопочеться своїм посагом, загадує та й опоряджає, і сама до всього береться. Навезли з міста шевців, кравців, швачок, крамарів і крамарок. Сама ганяє, жениха турляє, – купує, крає, складує… Як у казані кипіло! Було тоді нам лишко тяжке! Бо таке наше діло: хоч панам добре ведеться, хоч їм горе йметься, а нам певно одно: кому, каже, весілля, а курці – смерть!

На весілля панів, паній понаїздило, – гуде у будинку, як у вулені. Цікаві панночки посаг розглядають, дивуються: «Ох, та яке ж оце хороше!.. Ох, і се славне!.. Он це яке!.. А се, мабуть, дуже коштовне!» Інша як побачить що, – хусточку чи сукню яку, – аж очі заплющить: так її за серце і вхопить. Так вони і липнуть до того, як мухи до меду! Ледве вже ми їх збулися.

ГЛАВА XVIII

За тим натовпом, клопотом та трусою[11], то я не урвала й годинки з людьми попрощатись. Вже коні стоять запряжені, – тоді я побігла. Не можу й словечка вимовити, тільки обіймаю старих і малих.

Молодий приїхав за нею на четверику. Коні вороні, баскії. Правив візника плечастий, усатий, у високій шапці. З наших-таки людей, та до вельможної вподоби вивчений. Тут пани прощаються, гомонять, плачуть, а візника той сидить, як виконаний з заліза, – не обернеться, не гляне.

Посідали пани у той повіз. Мене причепили позаду, на якомусь височенному причіпку.

– З богом, Назаре! – покрикнув пан веселенько.

Тихого та ясного ранку виїздили ми з села, а мороз аж тріщить. Іній запушив верби; біліли віти і сяяли проти сонця. Дівчата висипали на улицю; кланяються мені… Швидко-швиденько бігли коні, – тільки в очах усе теє промигтіло. Нема вже села. Дорога й дорога, безлюдная доріженька попередо мною…

ГЛАВА XIX

Хутко перебігли до міста; наче межи комашню впали. Ідуть і їдуть, продають, купують. Люди, пани, москалі, перекупки. А жиди довгополі, куди не глянеш, усюди вони, наче тії хрущі, шершавіють.

Пан звелів коней зупинити коло заїзного двору і повів свою молоду у кімнати. Візниці грошей дав – пообідай, а про мене й байдуже.

Сиджу я собі та дивлюся. Усе чуже, усе не наше! Коли хтось як гукне: «Гей, хорошая, вродливая!» Я аж здригнулась. Се візника на мене гукає. Придивляюся до його: то-то ж чорнявий, матінко! Такий чорнявий, як єсть тобі ворон. Засміявся – зубів у його незліченно, а білі ті зуби, білі, як сметана.

– А кого вам треба? – питаю його.

– Еге, кого!.. Як-то тебе звати?.. Устина, здається? Ходімо зо мною, з Назаром, пообідаймо.

Дуже я змерзла, а піти, – думаю, – як його піти? Ще пані бучу зніме!

– Спасибі вам, – одказую, – я не хочу їсти.

Візника всміхнувся: «Як собі знаєш, дівчино!» – та й пішов.

ГЛАВА XX

Чималу ж я годину пересиділа, коли вийшли пани. Пан тоді зирк на мене!

– А що ти сидиш тут, Устинко? – питає. – Чи обідала ти?

– Гей! – крикнув на хазяїна бородатого, що тут на рундуці гроші в долоні лічив, дзвякаючи. – Дайте дівці пообідати!

Хазяїн гроші в кишеню та й побіг.

– Що це, що це? – жахнулась пані. – Ми її ждатимемо?

– А як же, серденько? – одказав пан. – Адже вона голодна та й намерзлась добре!

– То що? Вони до цього звичені. Спізнимось; я боятимусь.

– Бігай, дівчино, та хутенько! – каже мені пан. – Не загайсь, щоб тебе не дожидати.

Пані почервоніла по саме волосся.

– Час їхати!

– Та вона ж голодна, серце… Дивись, як змерзла!

– Я змерзла, я, я! – та так уже на те я накрикує!

– Сідай! – гримнула далі на мене і сама у повіз ускочила.

Пан здивувавсь; не знає, що його думати, що його казати, – стоїть.

– Що ж? – питає пані. – Хутко?

Тоді сердега сідає коло неї…

А хазяїн бородатий:

– Дівці абєду не прикажете?

Довгенько гомоніли пани між собою, а ще довше після того мовчали.

ГЛАВА XXI

Присмерком дочапали до хутора. В хуторянських хатах де-не-де світилось. Їдемо вулицею; стали коло будинку. На рундуці купкою стоять люди із світлом, з хлібом святим. Кланяються, вітають молодих.

– Спасибі, спасибі, – дякує пан, приймаючи хліб на свої руки. – Привіз я вам панію молоду, – чи вподобаєте?

Сам сміється, радіє; кому-то вже така краля не сподобна буде!

А пані як гляне на його, – аж іскри із очей скакнули, на лиці міниться. Люди до неї – щоб то її по-своєму вітати; а вона вихопила в когось із рук свічку та в двері – стриб! Люди так і шугнули од тих дверей, нічого панові й не одмовили.

Пан, неспокійний, смутний, пішов собі, похиливши голову.

Ввійшла і я. Дивлюсь, роздивляюсь. Світлички невеличкі, та гарні, чистенькі. Стільчики, столики – все те новеньке, аж лощиться. Чую – говорять пани. Прислухаюсь – пані моя хлипає, а пан так-то вже її благає, так благає!

– Не плач, не плач, життя моє, серце моє дороге!.. Коли б же я знав, що я тебе ображу, – звіку б не казав!

– Ти, мабуть, усіх мужиків так ізучив, що вони з тобою запанібрата!.. Гарно!.. Оглядають мене, всміхаються до мене, трохи не кинулись мене обнімати… Ох, я нещаслива!.. Та як вони сміють! – викрикне наостатку.

– Серце моє! Люди добрі, прості…

– Я не хочу нічого знати, слухати, бачити! – задріботіла пані. – Ти мене з світу хочеш оце зігнати, чи що? – вигукує ридаючи.

– Годі, годі, любочко! Ще занедужаєш… о, не плачбо, не плач! Робитиму все так, як ти сама надумаєш. Подаруй мені сей случай.

– Ти мене не любиш, не жалуєш… Бог із тобою!

– Гріх тобі так говорити! Я тебе не люблю!.. Сама ти знаєш, яка твоя правда!

Чую – поцілувались.

– Гляди ж, – каже пані, – як ти не будеш по-моєму робити, то я вмру!

– Буду, серденько, буду!

ГЛАВА XXII

Проходила я по всіх кімнатах – нема нікогісінько. «Се чи не од нас повтікали?» – думаю собі. Вийшла на рундук, – ніч місячна, зоряна. Стою та роздивляюсь; коли чую: «Здорова була, дівчинонько!» – як на струні брязнуло обік мене. Стрепенулась я, дивлюсь: високий парубок, ставний, поглядає, всміхається. І засоромилась, і злякалась; стою як у каменю, оніміла, та тільки дивлюсь йому в вічі.

– Стоїш сама тутенька, – знов озивається парубок, – мабуть, не знаєш, куди йти?

– Якби не знала, то вас би спитала, – одмовила йому, схаменувшися трохи. – Бувайте здорові!

Та швиденько в двері.

– Бувай здорова, серденько! – сказав мені услід.

ГЛАВА XXIII

А пани все по покоях ходять. Молода у кожний куток зазирає, що й як. Забачила зіллячко за образами:

– Що це таке?

– Се баба божничок уквітчала.

– Що?.. То вона в тебе тут порядкує! Викинь те зілля, серце! Се вже зовсім по-мужицькій.

– Добре, серденько.

Тоді вона його цілує:

– Голубе мій!

От, находились, наговорились.

– Що це, – каже пан, – що нікого нема? Куди се баба поділась?

– А бач, бач, – зацокотіла пані, – які вони в тебе порозпущувані! Схотіла, то й пішла.

– Та не де дінеться! Ось я її гукну.

Та й кинувсь гукати:

– Бабо! Бабо! Бабо! – як той хлопчик слухняний. – Зараз, серденько, баба прийде, – говорить пані, вмовляючи її.

– Та де вона була?

– Певно, щось робила, любко. Се моя вся прислуга.

– А де моя Устина? І вона ізучилась бігати, не питаючись? Устино! Устино!

Я стала перед нею.

– Де була?

– Ось у цій кімнаті.

Стала я знов за дверима: знов дивлюсь і слухаю.

ГЛАВА XXIV

Увійшла бабуся старесенька-старесенька, – аж до землі поникає, та вся-усенька зморщена; тільки її очі чорні іще живуть і ясніють. Увійшла, тихенько ступаючи, вклонилась панії та й питає:

– А що вам треба, пане?

Пані аж з місця зірвалась, що стара така сміла.

– Де се ти, бабо, була? Я тебе вже сам мусив гукати, – каже пан.

– Коло печі була, паночку: Ганні помагала, щоб добра вам вечеронька була.

Пан бачить, що вже жінка важким духом дише, а все не важиться він бабусю налаяти; лупа очима та кашляє, та ходить, – не знає, що вже йому й робити. Пані од його одвертається. Бабуся стоїть од порога.

– Що ж, вечеря готова? – питає пан уже хмурніше.

– Готова, паночку, – тихо і спокійненько одказує бабуся.

– Серце (до панії), може б ми повечеряли?

– Я не хочу вечеряти! – одказала пані, вибігла і дверима грюкнула.

– То й я не буду вечеряти, бабусю, – каже пан смутненько вже.

– То я собі піду. На добраніч вам, паночку!

– Іди. Та треба глядіти, стара, щоб я не бігав за тобою сам! – загомонів був на неї, та зараз і вгамувавсь, як бабуся йому на те звичайненько одмовила:

– Добре, паночку!

Вклонилась і пішла собі.

ГЛАВА XXV

Ходив-ходив пан по кімнаті. Чутно йому, що пані плаче за стіною. «Боже мій! – промовив до себе, – чого вона плаче?» І так він те слово тихо, такеньки смутно промовив!

Не втерпів – пішов до неї; цілує, вмовляє. Чималу годину він її благав, поки перестала.

– А вечеряти не хочу, – каже панові. – Я на твої слуги – не то що – і дивитись не можу! Так із тобою поводяться, як із своїм братом… родичі та й годі!

ГЛАВА XXVI

Сиджу сама у дівочій; сумно, тиша така… Ото життя моє буде! Всюди красне!.. «Тепереньки, – думаю собі, – наші дівчата наживуться без моєї панії! Веселенько та любенько їм укупці… А мені – чужа сторона, і душі нема живої…»

Коли щось у віконце стук-стук!.. Так я й згоріла!.. Сама вже не знаю як, а догадалась… Сиджу, ніби не чую.

Переждало трохи – знов стукає. Метнулась я та двері всі попричиняла, щоб пани не почули.

– А хто се тут? – питаю.

– Я, дівчино-горличко!

– Мабуть, – кажу, – чи не помилились: не в те віконце добуваєтесь!

– То ж бо й не в теє! Нащо ж і очі в лобі, коли не зочити кого треба!

– Не так-то конче й треба!.. Оце найшли розмову крізь подвійне скло!.. Гетьте! Ще пани почують!

Та й одхилилась од вікна.

А він таки:

– Дівчино! Дівчино!

– Чого се ти попідвіконню вкопався, Прокопе? – загомонів хтось потиху. – Он вечеря вже готова ще одколи, а вас нікого нема!

ГЛАВА XXVII

Хтось уступив у сінці. Я відчинила, аж це бабуся.

– Здоровенька була, дівчино, – промовила до мене. – Просимо на вечерю, зозулько!

– Спасибі, бабусю!

– То й ходімо.

– Ось я панії спитаюся.

– Чого питатись, любко? То ж вечеря!

– Чи звелить іти.

Бабуся перемовчала хвилинку та й каже:

– То йди, моя дитино. Я тебе тутеньки підожду.

Пани сидять укупці любенько, веселенько; щось межи собою розмовляють. Я ввійшла, а пані:

– Чого сунешся?

– Пустіть, – кажу, – пані, мене повечеряти.

– Іди собі – вечеряй!

ГЛАВА XXVIII

Пішла я за бабусею через двір у хату.

– Оце привела вам дівчину, – каже бабуся, вводячи мене в хату.

А в хаті за столом сидить Назар чорнявий і молодичка гарненька, жінка Назарова. У печі палає, як у гуті. Одсвічують весело білі стіни і божничок, вишиваним рушником навішений, квітками сухими й зіллям уквітчаний. З полиці миси, миски й мисочки, і зелені, й червоні, і жовті, наче каміння дороге, викрашаються. Усе таке веселе в тій хаті було, прибране, осяюще: і кужіль м'якого льону на жердці, і чорний кожух на кілку, і плетена колиска з дитинкою.

– Просимо до гурту! – привітали мене і вклонились.

– Може б, поруч зо мною така краля засідала, га? – каже Назар.

– Хіба ж ви тутечки найкращі, дядьку? – питаю. Сама озирнулась, аж той парубок уже тут, – з кутка на мене задивився, аж гаряче мені стало.

– А то ж ні? – каже Назар. – Придивись лишень до мене добре: то-то ж гарний! то-то ж хороший!

– Хіба поночі! – одмовила йому весело молодичка.

Славна була то жіночка, – звали Катрею: білявенька собі, трошки кирпатенька, очиці голубоцвітові, ясненькі, а сама кругленька і свіжа, як яблучко. У червоному очіпку, у зеленій юпочці баєвій. Смішлива була й гордоватенька, а що вже шамкая[12]! І говорить, і діло робить, і дитину колише; то коло стола її вишивані рукава мають, то коло печі її перстені блискотять.

– Ну, ну! – каже їй Назар, – коли б оце не галушки, я б тобі одказав!..

Тут-бо саме Катря його поставила на стіл миску з галушками.

Назар моргнув на мене.

– Не гріх тому добре повечеряти, хто не обідав!

ГЛАВА XXIX

Катря хоч і говорить, і жартує, а, здається, все чогось сумна і неспокійна. Бабуся, сидячи за столом тихенько й величненько, якусь думку собі думала. Тільки Назар пустує та вигадує, та регоче, поблискуючи перед каганцем зубами, а зуби, я ж кажу, як сметана! На того парубка я вже не дивилась.

– А що, пташечко, – питає в мене бабуся, – при молодій пані давненько служиш?

– Яка вона гарна! – закинула молодичка.

– Поможеться, що гарна! – гукнув Назар, – коли дивиться так, що аж молоко кисне!

Бабуся зітхнула важенько:

– Годі тобі, годі, Назаре!

– А наш пан такий звичайний, – заговорила молодичка, – він, мабуть, ізроду нікого не скривдив.

– Дай йому, боже, і пару таку! – промовила бабуся.

– Як то тепереньки нам буде! – смутненько каже молодичка. Зітхнула і задумалась. – Як то буде! – знов тихо вимовляє, дивлячись на мене, начеб випитувала очима.

А я мовчу.

– Буде, як господь дасть, голубко, – каже бабуся.

– Ну, що буде, те й буде, – ми все перебудемо! – гукнув Назар. – А тепер – до галушок берітесь. А ти, Прокопе, чому не йдеш? Пані тобі в око впала?.. Чи, може, ця краля?

Та й моргнув на мене.

– Нехай мені та пані й не сниться! – одмовив парубок, сідаючи проти мене. – Де вона й вродилась така неприязна!

Тоді молодичка до мене:

– Дівчино-серденько! Скажи нам усю щиру правдоньку, як душа до душі…

Та й спинилась. Всі на мене дивляться пильно… І парубок очей з мене не зведе. Якби мені не той парубок, то все б нічого, а при йому соромлюся та червонію, – трохи не заплачу.

– Дівчино! Лиха наша пані молода? – вимовить Катря.

– Недобра! – кажу їй.

– Господи милосердний! – крикнула. – Чуло моє серце, чуло!.. Дитино моя! – кинулась до колиски, схилилась над дитиною: – Чи того ж я сподівалась, йдучи вільна за панського! Вона вже й оком своїм нас пожерла!

Та плаче ж то так, – сльоза сльозу побиває.

– Не такий чорт страшний, як намальований! – каже Назар. – Чого лякатись? Треба перш роздивитись.

А вона плаче, а вона тужить, наче вже й справді її дитину пані своїм оком пожерла.

– Годі, голубко! – вмовляє Катрю бабуся. – Чого нам дуже тривожитись? Хіба над нами нема господа милосердного?

Парубок ані пари з уст; тільки куди я не гляну, усе на його погляд очима спаду.

ГЛАВА XXX

Повечерявши, поблагословившись, біжу назад у будинок, а за мною:

– На добраніч, дівчино!

– На добраніч вам! – одказала та й ускочила в сіни. Увійшла в дівочу, – серце в мене б'ється-б'ється!.. Думаю та й думаю… що, як він вдивився в мене очима!.. І пані моя теж мені на думку навертається: ледве у двір ступила, вже всіх засмутила… І чого той парубок чіпляється?.. Бодай же його, який хороший!.. Місяць стоїть проти мене уповні…

Ой місяцю-місяченьку,
Не світи нікому!..

Пісня так і підмиває мою душу… Сама не знаю, чого душа моя бажає: чи щоб він знову озвався під віконцем, чи щоб не приходив…

ГЛАВА XXXI

Минає день, тиждень, місяць, і півроку збігло за водою. Здається, що в хуторі тихо і мирно; цвіте хутір і зеленіє. Коли б же поглянув хто, що там коїлось, що там діялось! Люди прокидались і лягали плачучи, проклинаючи. Усе пригнула по-своєму молода пані, усім роботу тяжку, усім лихо пекуче ізнайшла. Каліки нещасливі, діти-кришеняточка, й ті в неї не гуляли. Діти сади замітали, індиків пасли; каліки на городі сиділи, горобців, птаство полошили, да все ж то те якось уміла пані приправляти доріканням та гордуванням, що справді здавалось усяке діло каторгою. Стоока наче вона була, все бачила, всюди, як та ящірка, по хутору звивалась, і бог її знає, що їй таке було: тільки погляне, то наче за серце тебе рукою здавить.

А пани-сусіди нашу панію похвалюють-величають: ото хазяйлива! Ото розумна! Дарма що молоденька, – добре б нам усім у неї вчитись!

Спершу люди на пана вповали, та незабаром зреклися надії й думки. Він був добрий душею й милостивий пан, та плохий[13] зовсім, – ніщо з його. Спитувавсь він жінку вмовляти, та не така-то вона. Далі вже і наменути[14] на сю річ боявся, – мов не бачить нічого, не чує. Не було в його ні духу, ні сили. Сказано: добрий пан – не б'є, не лає, та нічим і не дбає. Як почне пані обмирати та стогнати, та в крик викрикувати, то він руки й ноги її вицілує, і плаче, і сам людей лає: «А щоб вас! А бодай вас!.. От уморять мені друга!»

– Не буде з його нічого, – каже Назар. – Я одразу побачив, що квач, ще тоді, як він Устину обідом нагодував... Якби таку жінку та мені – я б її у комашню втручив, – нехай би пихкала!

Та й зарегоче на всю хату. Такий уже чоловік був той Назар: усе йому жарти. Здається, хоч його на огні печи, він жартуватиме.

А що Катря сліз вилила, то де вже тії й сльози брались. Візьме свою дитину на руки та плаче-плаче! А далі й заридає уголос.

І Прокіп дуже зажурився. Усе щось собі думає і зо мною вже не пожартує.

– Оце ж бо які ви смутні! – кажу йому одного разу (се було ввечері, присмерком). – Чого ви такі смутнії?

А він мене за руку, – пригорнув і поцілував. Заки я схаменулась, його вже й немає.

ГЛАВА XXXII

Усі люди пов'яли, змарніли; тільки бабуся велична, як і була. Як не лає, як не кричить на неї пані, – бабуся не лякається, не метушиться: іде тихо, говорить спокійно, дивиться ясно своїми очима ясними. І незчуєшся, було, як до неї пригорнешся та й заплачеш, – от як дитина до матері своєї рідної горнеться.

– Не плач, моя дитино, не плач! – промовить бабуся стиха, ласкаво. – Нехай недобрі плачуть, а ти перетривай усе, витерпи бідочку!.. Хіба ж таки й перетерпіти не можна?

Господи! Як же смутно й сумно жилося! Не чути сміху, не чути гласу людського. У двір душа жива не навідається, – хіба за ділом, – та так боязко оглядується, так поспішається вже, наче йому з пущі вихопитись од звіра лютого йдеться.

Спізнилась якось, вечерявши, та й біжу хутенько. «І чому хоч Прокіп не прийшов вечеряти!» – думаю. Коли він так і вродивсь перед очима моїми! Переймає мене і оббігти не пускає.

– Устино, скажи мені правдоньку: чи ти мене любиш?

Утекла б я од його, так ноги мене не несуть. Стою, горю…

Він тоді мене за руку!.. Обіймає, пригортає, та все питає: «Чи любиш?» Такий чудний!..

Посідали, поговорили, покохались, – усе лихо забулось. Весела душа моя, і світ мені милий, і таке в світі гарне все, таке красне!.. Чого вже, коли й пані постерегла: «Що це тобі? – каже. – Чого се так розчервонілась, наче хто вибив? Чи, може, що вкрала?!»

ГЛАВА XXXIII

Боже мій милий! Як то вже я того вечора захисного, темного дожидаю!.. Звелить пані на вечерю йти – Прокіп мене дожидає. Перейме та постоїмо удвійзі, погорюємо обойко… Бо денної пори, хоч і стрінемось, – тільки зглянемось, словечка не перемовимо, розійдемось.

– На лихо ви покохались! – каже було Катря.

– З біса розумна ти, моя люба! – кепкує з неї Назар. – Коли б тепер ти вдруге мене полюбила, то б і лапки полизала єси!

– Кохання в мене на умі!.. Мені й вони двойко серце сушать, як подумаю-погадаю…

– Чого се ви дівчину сушите та лякаєте? – озветься бабуся. – Коли вже покохала, нехай кохає: то їй судьба така судилася.

ГЛАВА XXXIV

А пані куди далі, то все злісливша, усе лютіша: аби я трохи спізнилась, забарилась: «Де була?», та й стріне мене на панському порозі лиха година.

Перво тугою тужила я тяжко, а там усе мені стало не вдивовижу, усяка ганьба байдуже. Сказано: встань, лихо, та й не ляж!.. Було, поки лає, коренить[15] – несила моя, сльози ринуть, а наплачуся добре, утрусь, – така собі веселенька, жартую, пустую!.. І коса заплетена дрібненько, і сорочка на мені біла, – нікому, було, й не хвалюся. Що мені поможуть? Тільки своє лихо тяжке згадають!.. А Прокіп наче ніч темна ходить, і вже тоді ні до їдла, ні питва, ні до розмови.

Господи милий! Своє лихо, чуже лихо, – не знать, що й робити, що починати. У Катрі дитинка занедужала: а тут обід панам звари, вечерю звари та город скопай, обсій, – та ще пані гримає: «Нічого не робиш, ледащо! Дурно хліб мій їси! Ось я тебе навчу робити!»

Цілу ніч Катря не спить над дитиною. На день благословиться, – до роботи. Бабуся тоді пильнує малої, розважає Катрю; то дитинку до неї винесе, то сама вийде та розкаже: «стихла мала!» або «спить мала!» І такеньки, наче благодать божа, допомагає, невтомлива, невсипуща.

– Чого се ви, Катре, так падкаєтесь, без спочинку? – кажу їй.

– Робитиму, робитиму, поки сили. (А очі в неї так і горять позападавши). Може, вгоджу, може, вмилосерджу!

Отже, не вгодила й не вмилосердила. Робила й не спала, поки аж нечувственний сон її обняв коло колиски. Прокинеться, – до дитини, а дитинка вже на божій дорозі. Тільки глянула на його бідолашна мати, тільки вхопила його до серця, – воно й переставилось.

І побивалася ж Катря, і мучилась, і раділа:

– Нехай же моє дитя, моє кохане-дороге, буде янголятком божим, – лиха не знатиме моє ріднесеньке! – А далі й заголосить: – А хто ж до мене рученята простягне? Хто мене звеселить у світі?.. Дитино моя! Покинула мене, моя донечко!

Назар – ніби й нічого, розважає свою Катрю, молодим її віком заспокоює, а в самого вже пом'якшав гучний голос, – потай усіх сумує.

По тій печалі зовсім захиріла, занепала Катря. Не то щоб робити, вже й по світу ходить не здужає. А пані все-таки:

– Чому не робиш діла? Я тобі те! Я тобі друге!

– Тепер я вже не боюсь вас! – одказала Катря. – Хоч мене живцем із'їжте тепер!

Дала ж їй себе знати пані!..

– Прокопе! – кажу я. – Що оце з нами буде!

– Устино-серце! Зв'язала єси мені руки!..

ГЛАВА XXXV

Прогнала пані Катрю з двора на панщину: не вважила й на її чоловіка-візнику.

Пан, нишком од панії, дав їй карбованця грошей, та не взяла Катря; він положив їй на плече, – скинула з себе, наче жабу, ті гроші. Як упав же той карбованець на муріг, – і заліг там, аж зчорнів; ніхто не доторкнувся. Та вже сама пані, походжаючи по двору, вздріла і зняла.

– Се, певно, ти гроші сієш? – каже на пана. – Ой, боже мій, боже мій!

Пан на те нічого не одказав, тільки зчервонів дуже.

А Катря не схотіла на світі жити. Щось їй приключилось після тої наруги. Бігала по гаях, по болотах, шукаючи своєї дитини, а далі якось і втопилась бідолашна.

Пан дуже зажурився; а пані:

– Чого тобі смутитись не знать чим? Хіба ж ти не помітив по ній, що вона й здавну навіжена була! І очі якісь страшні, і заговорить, то все не путнє…

– І справді, – вхопився пан за те слово, – не повно в неї ума було!

Навіжена та й навіжена… Нащо й краще! Порадились поміж собою такеньки та й спокійненькі собі…

ГЛАВА XXXVI

Згодили якось москаля з міста за куховара. То ж бо й був чудний! Як зварить панам їсти, сам пообідає, то ляже на лаві та все свище, та свище, та свище, та раптом як співоне! – дзвінко-тоненько, помісь півень кукурікає. Сьому байдуже було наше лихо; тільки, було, спитає: «Сьогодні бито? – та й додасть: – Іначий і не можна: на те служба!»

Назар уже не той став, уже й він якось поник, а все жартує:

– Коли б мені хоч один день хто послужив, довіку б згадував!

Пані того куховара дуже хвалить, що такий, мовляв, чоловік він хороший, так мене поважає! А він, було, як стоїть перед панією, то мов стріла вистромиться, руки спустить, очі второпить на неї: «Ловив я рябе порося; втекло рябе порося у бур'яни; то я до чорного поросяти; вловив чорне порося, ошпарив чорне порося, спік чорне порося…» Такеньки усе чисто одбубонів і дожидає, що пані йому одкаже; сам тільки очима луп-луп!..

А пані йому раз по раз:

– Добре! Добре! Усе добре!.. Тільки ти гляди в мене, – не розледащій між моїми вовкодухами.

– Ніколи того не всмію, ваше високоблагородіє!

Вклониться їй низько, вправо, вліво ногами човг! Та і з хати, та на лаву – і знов свище.

– Бодай вас! – кажу йому якось. – Коли вже ви перестанете того свисту! Тут горе, тут напасть, муки живії, а ви…

– Не горюй, не горюй, дівко! На те вона служба називається. Он бач, скільки в мене зубів зосталось… На службі втеряв!.. Був у нас копитан… ух!

Та тільки ухнув.

– А ти що думала? Як у світі жити? Як служити? Як вислужитись? Тебе б'ють, тебе рвуть, морочать тебе, порочать, а ти стій, не моргни!.. І! Крий боже!

Зговоривши теє, знов свистіти! А Прокіп з серця аж люльку об землю гепнув.

– Воли в ярмі, та й ті ревуть, а то щоб душа християнська всяку догану, всяку кривду терпіла і не озвалась! – гримнув на москаля, аж той свистати перестав. Дивиться на його, як козел на нові ворота. – Не така в мене вдача! – каже Прокіп. – Я так: або вирятуйся, або пропади!

– А в мене така знов удача: утечи! – зареготав Назар. – Мандрівочка – рідна тіточка.

– Піймають! – скрикнув москаль, схопившись. – Піймають – пропав!

Що там у кого було на серці, а всі засміялись.

– Не кожний копитан швидкий удасться, – каже Назар, – інший побіжить, та й спіткнеться. А ти ось що лучче скажи: куди втікати?.. Од якої втік, таку й здибав. Із дранки та вберешся в переперанку…[16]

Та все пани, та все дуки… —

заспівав, як у дзвін ударив.

ГЛАВА XXXVII

У рік стара пані вмерла. Не хотілось дуже їй умирати! Усе молитви, святе письмо читала, по церквах молебні правила; свічки перед богами невгасимі палали. Якось дівчинка не допильнувала, та погасла свічечка, – веліла дівчинку ту висікти: «Ти, грішнице, і моєму спасінню шкодиш!»

ГЛАВА XXXVIII

Наша пані журилась і плакала за старою дуже.

– Вже тепереньки сама я в світі зосталась! Обдеруть мене тепереньки, як тую липку! Моє око всього не догледить; а на тебе, – каже панові, – яка мені надія? Ти мені не придбаєш, хіба рознесеш і те, що маємо. Ти й не думаєш, що хутко вже нам бог дитину дасть. Для дитини, коли не для мене, схаменись, мій друже! Хазяйнуй, доглядай усього, а найперва річ – не псуй мені людей.

– Що се ти, любко, бог з тобою! Отсе знов усім турбуєшся! Та я все зроблю, що хочеш, усе!

Такеньки, було, вмовляє її.

Одного разу хотів він її розважити та й каже:

– Годі тобі, голубко, клопотатись. Ось послухай лишень, що я тобі скажу: я вже кума пригласив.

– Кого ж ти просив? – перехопила його пані.

– Свого товариша. Такий славний чоловік, добрий.

– Боже мій! Я одразу догадалась!.. Запросив якесь убожество!.. Та я не хочу сього й чути! Не буде сього! Не буде!

А сама у плач ревний.

– Серденько, не плач! – благає пан, – серденько, занедужаєш!. Не буде того кума; я його перепрошу, та й кінець. Скажи тільки мені, кого ти хочеш, того й завітаю.

– Полковника треба прохати, – от кого!

– Полковника, то й полковника. Завтра й поїду до його. Ну, ізбач мені, любонько, що я тебе засмутив!

– Ото-то й єсть, що ти мене зовсім не жалуєш: усе мене журиш!

– Голубко моя! – промовив пан стиха, – пожалуй і ти мене. Ти, знай, сердишся, кричиш, сваришся; а я сподівався...

Та як заридає!

Пані до його:

– Чого се ти, чого?

За руки його хоче брати; а він затуливсь обома та ридає-ридає!.. Ледве вже його розговорила, і цілувала вже, і обнімала, насилу стишився.

– Та скажи ж мені, чого се ти заплакав? Ну, скажи! – просить його.

– І сам не знаю, моя любо, – одказує пан, ніби всміхаючись, – так чогось… Нездужаю трохи. Ти об сьому не думай, а насмійсь мені, що я, наче маленький, розплакався.

А сам зітхнув.

– Ти, може, думаєш, що я вже тебе не люблю? – говорить пані.

– Ні, любиш.

– Люблю та ще й як!.. А вкупці не можна раз у раз сидіти: треба господарювати, моє серце!

Та й поцілувала його.

Уранці поїхав пан і полковника завітав у куми.

ГЛАВА XXXIX

Народився син у панії. Що тих гостей наїхало на хрестини! Обід справили бучний. Кум-полковник вкотив у двір сивими кіньми, побрязкуючи, подзвякуючи бубонцями. Сам огрядний, кругловидий, червоний, усе вуса закручує правицею, а лівою шаблю придержує та плечима все напинається вгору.

Я рада, що мені трошки вільніше, – вибігла до Прокопа, – стою, розмовляю з ним коло рундука. Коли де не взявся пан, – веселий такий, як ще був за свого женихання з панією.

– Чого се ви тут стоїте обойко? Що розмовляєте? – сміється.

А Прокіп йому:

– Пане, оддайте за мене дівчину!

– Добре, бери, Прокопе! Я не бороню. Повінчайтесь, та й живіть собі любенько.

– А пані? – каже Прокіп.

Пан зітхнув і задумався, а далі й каже:

– Ідіть за мною! Візьми її за руку, Прокопе!

Сам пішов у кімнати, а Прокіп веде мене за ним, стискаючи мою руку.

– Любо! – сказав пан, – я оце до тебе молодих привів. Чи вподобаєш?

А тут у кімнаті панів, паній!.. І полковник поміж усіма, неначе той індик переяславський, походжає та все потроху пирхає.

Наша сидить у кріслечку. Зирнула на нас і одвернулась. Усміх веселий простиг, гнівно на пана згляне й питає:

– Що се таке?

Прокіп кланяється, просить.

– Я вже позволив, – каже пан, – не борони й ти, моя кохана. Дав нам господь щастя, – нехай і вони щасливі будуть!

Пані все мовчить та уста гризе. А полковник і вирветься, й загуде, як на трубі:

– До пари, бісові діти, до пари! Обоє хороші! Треба їх звінчати, кумо моя мила. Хочеш заміж, дівко? – питає мене, та що хоче моргнути, то й очі заплющить: не моргне, вже несила – випив повно.

Усі пани за ним підхопили:

– Одружіть їх, одружіть! Чуєте: кум ваш, полковник, говорить, що до пари…

Тоді вже й пані:

– Та нехай собі!

Ми й незчулися, як за поріг переступили. Кинулись духом і, не справивши нічогісінько, похапцем звінчалися, щоб ще не розлучила нас пані.

Дуже вона гнівалась на пана:

– Як ти мене підвів! – дорікає. – Я сього не можу тобі подарувати, як ти мене підвів!

– А тобі, – свариться на мене, – тобі буде!

«Нехай уже буде що буде, – думаю, – та вже ми побралися!» Велико тішить мене, що тепер озватись до його можна при людях, глянути на його, що вже – мій!

ГЛАВА XL

Я зосталась при панії, як і була. Ще гірш надо мною коверзує вона, ще гірш варить з мене воду та все примовляє:

– А що? Яково тобі у замужжі? Покращало?

Як не заговорить чоловік, як не пожалує, то часом так прийде, що приміг би – крізь землю пішов. А зійдуся з ним, – весело й любо; усе лихо забуду. Тільки чоловік мій куди далі, то все хмурніший ходить, аж мені серце болить.

– Чи ти вже мене не любиш, Прокопе?

Він пригорне мене та подивиться в вічі так-то любо, що чую, наче в мене крила виростають.

– А чого ж усе смутний, Прокопе?.. От ми вже тепереньки вкупці навіки.

– О, моє серденько! Тяжко було без тебе, а з тобою ще тяжче… Яково-то сподіватись щогодинки в бога – догани тобі та муки!.. А боронити – несила… Важко, Усте!

– Як-небудь і зо мною біду перебудемо, Прокопе. Як на мене, то все удвійзі легш.

– А може, й справді так, рибонько!

Та й усміхнеться і пожалує мене.

Так-то вже я радію, як розговорю його, розважу!

ГЛАВА XLI

Жили ми такеньки з бідою та з журбою до осені. Тут і зчинилось…

Одного дня трусили в садку яблука в коші, а чоловік мій струшує та все з яблуні на мене поглядає то з-за тії гілки, то з-за тії. Трохи вже й притомилась бабуся, – сіла одпочити.

– От уже й літечко красне минулося! – промовила, – сонечко ще світить, та вже не гріє.

Сеє кажучи, роздивляється навкруги.

– Устино-голубко! Адже ото неначе дітвора з-за ліси визирає? – питає мене.

Я гляну – аж справді коло тину купка діток.

– А що, дітки? – питає бабуся. – Чого прийшли, мої соколята?

Малі мовчать та тільки оком закидають у коші з яблуками.

– Ходіть лишень ближче, хлопченята: я по яблучку вам дам! – каже на їх бабуся.

Дітвора так і сипнула в сад. Обступили стару, як горобці горобину, а стара обділя їх, а стара обділя… Загуготіло, загомоніло коло нас: звісно, діти. Коли се зненацька як гримне пані:

– А то що?

Перелякались діти. Которі в плач, а хто в ноги, – тільки залопотіло. І в мене серце заколотилось.

Бабуся спокійненько одповіщає:

– Се, – каже, – я по яблучку діткам дала.

– Ти дала? Ти сміла? – заверещить пані (сама аж труситься). – Ти, мужичко, моє добро крадеш!.. Злодійко!

– Я – злодійка!? – вимовила стара… Зблідла, як хустка, і очі їй засяли, і сльози покотились.

– Більш красти не будеш! – кричить пані. – Я тебе давненько пристерігаю, – аж от коли піймалась… Панські яблука роздавати!

– Не крала я зроду-віку мого, пані, – одмовляє стара вже спокійно, тільки голос її дзвенить. – Пан ніколи не боронив, сам дітей обділяв. Бог для всіх родить. Подивіться, чи для вашої ж душі мало?

– Мовчи! – писнула пані, наскакуючи.

Хруснули віти. З-за зеленого листя визирає мій чоловік, та такий у його погляд страшний! Я тільки очима його благаю.

– Злодійка! Злодійка! – картає пані бабусю, вкогтившись їй у плече, і соває стару, і штовхає.

– Не по правді мене обмовляєте! Я не злодійка, пані! Я вік ізвікувала чесно, пані!

– Ти ще зо мною заходиш?

Та зо всього маху, як сокирою, стару по обличчю!

Захиталась стара: я кинулась до неї; пані – до мене; мій чоловік – до панії.

– Спасибі, моя дитино, – промовляє до мене бабуся. – Не турбуйся, не гніви панії.

А пані вже вчепилась у мої коси.

– Годі, пані, годі! – гримнув чоловік, схопивши її за обидві руки. – Цього вже не буде! Годі!

А пані у гніву, у диві великому, тільки викрикує:

– Що? Як? Га?

Схаменувшись трохи, до Прокопа. А той своє:

– Ні, годі!

Тоді вона у крик. Назбігалися люди, дивляться. Пан що було в його духу пригнався.

– Що се?

Мій чоловік випустив тоді панію з рук.

– От твої щирії душі! – ледве промовила пані. – Дякую тобі!.. Та чого ж ти мовчиш? – скрикнула ще голосніш. – Мені мало рук не вломили, а ти мовчиш!

– Що се поробилось? – питає пан на всі сторони у великій тривозі.

Пані й почала: і обікрала її стара, і всі хотіли її душі, – такого вже наковчила[17]! Сама і хлипає, і кричить, і клене, що вже і пан розлютувався. Як кинеться до мого чоловіка.

– Розбишака!

– Не підходьте, пане, не підходьте! – озвався мій понуро.

– Е, бачу, – каже пан, – тобі тут місця мало. Постой же: розбишатимешся у москалях – скільки хотя!

Пані аж верещить:

– У москалі його, у москалі!.. Тепер і прийом у городі; зараз і вези його!

– Візьміть його! – крикнув пан на людей. – Зв'яжіть йому руки!

Прокіп не пручався, сам руки простяг, ще й всміхнувся.

А Назар під той гук до мене:

– Чого злякалась? Чого плачеш? Гірше не буде!.. От чи буде краще, – не знаю…

ГЛАВА XLII

Повели Прокопа в хату. Сторожа стоїть коло дверей. На дворі візок запрягають, Назар запрягає коні під пана. Довго думав мій чоловік, – далі каже:

– Устино! Сядь коло мене!

– Що ти починив, мій голубе! Що ти сподіяв! – говорю йому.

– А що я сподіяв? Будеш вільна, – от що! Будеш вільна, Устино!

– Воля, – кажу, – та без тебе!

Так мені гірко стало!..

– Воля! – покрикне він, – воля!.. Та на волі і лихо і напасть – ніщо не страшне. На волі я гори потоплю! А кріпаку хоч як щаститься, усе добро на лихо стане.

Аж ось заторохтів на дворі візок. Повели Прокопа. Я, в чім була, схопилась до його на візок. Стара мене благословляє і його:

– Нехай вам мати божа допомагає, діти! – А сльози тихі так і біжать з очей ласкавих.

Помчали нас. Як то ще пані не схаменулась про мене, наставляючи на дорогу пана: не пустила б!

Їдем мовчки, побравшись за руки. Я не плачу, не журюся, тільки серце моє колотиться, серце моє трепечеться…

Під'їжджаємо до міста. Пан закурів коло нас і випередив. В'їхали в місто. Хутко проторохтіли улицями. Коло високого будинку стали.

Випустив Прокіп мою руку:

– Усте, не журися.

Повели його до прийому. Я на рундуці сіла, як на гробовищі.

– Не вдавайсь у тугу, – каже Назар. – Біс біду перебуде: одна мине – десять буде.

А сам почав уже сивим волосом, як сніжком, присипатись; розважає мене, а самого, видно вже, що ніхто не розважить.

Коли виводять мого чоловіка… Боже мій, світе мій! Серце в мене замерло; а він веселий, як на великдень…

ГЛАВА XLIII

Зосталась я з чоловіком у місті. Перебігла година тая швидко, як свята іскра спахнула, та довіку не забуду!

Зараз мого чоловіка приручили дядькові, москалеві істньому[18], ізучатись військової науки. Дядько був станом високий, очі чорні; волосся і вус, як щетина, пужаться; ходить прямо; говорить гучно; поводиться гордо.

От ми йому кланяємось, а він нічого; тільки понуро оглядає Прокопа. Дає йому Прокіп гроші:

– Вибачайте, дядьку, що мало: кріпак не багацько розгорює.

Дядько кашлянув, плюнув:

– Ходім!

– Ходім на місто, дружино моя, погуляймо! – каже мені Прокіп.

Та й пішли. Ходимо улицями і заулками, гуляємо собі, а він питає:

– А що, Устино, чи ти чуєшся, що вже ти вільна душа?

Та й сміється, заглядаючи мені в вічі.

Хоч як було мені невпокійно, хоч як тужило моє серденько, а й я всміхнулась і ніби чогось раділа.

Набрела я й хатку таку, що наймалась, а грошей нема. Та й добути звідки? Продати нічого. Я поїхала – нічого не взяла. Та й не великі скарби були там у мене: кілька сорочок, та спідниць дві, та ще там якась юпочка та кожушаночка. Не до того мені було тоді, щоб те забирати, а послі вже пані не оддала. От я й надумала собі: «Піду я поденно робити!» Порадились із Прокопом та й вдались до хазяйки, що хату наймала. Своє лихо оповістили, питаємо, чи буде її рада на те, щоб ми поденно за хату їй сплачували.

– Добре, – каже, – будуть гроші, оддаватимете поденно, а не будуть, то я й підожду вам.

Ми й перебрались до неї в хату.

ГЛАВА XLIV

Хазяйка наша була удовиця старенька, привітна й ласкава, а що говірка! Розказує та й розказує, та все про своє лихо, що весь рід їх звівся, що сама вона в світі зосталась, як билина в полі. Зітхає раз у раз, частенько, було, й сплакне. Та й за нами чимало вона сліз вилила: як, було, сидимо з чоловіком укупці та говоримо, вона й почне плакати та примовляти, що – ось ми молоденькі, ось ми і хороші – нівроку: жити б та жити та людей собою веселити… Прикладає та й плаче. Ми вже її вмовляємо! Хіба тоді ущухне, як надійде дядько та гримне на неї: знов баба кисне!

А вона його боялась дуже, що такий він: ані до його заговорити, ані його спитати.

– Що се за чоловік у світі! – каже, було, стара. – Який же він грізний та неласкавий – нехай бог боронить! Чи він ніколи роду не мав, чи що такеє? Бог його знає!

Рано-ранісінько схоплюся; біжу на поденщину. Повертаюся пізно. В руці в мене зароблені гроші. Весело поспішаюсь додому.

Ще на дорозі стріне мене чоловік; любо та міцно стисне за руку і спитає тихенько:

– Чи добре натомилась, Усте?

ГЛАВА XLV

От якось сидимо ввечері: москаль на лаві з люлькою, хазяйка коло віконця, а ми з Прокопом оддалік. Сидимо мовчки всі; коли у двері хтось – стук-стук; а далі: – Здорові були! – гукнуло щось за дверима.

Се ж Назар!

Увійшов і стоїть перед нами, стелю підпираючи: люлька в зубах; і сивизна, ти б казав, у густі кучері похувалась.

– Хазяйці і всім нехай бог помагає!

– Спасибі! Милості вашої просимо! – вітає його стара.

– Звідки се ти взявся, Назаре? – питає Прокіп. – От наче з землі вийшов!

– Я звідти, – каже, – звідки добрі люди мандрівки виглядають.

Дядько поворушивсь, – поглядає на двері.

– А чого се крутишся, пане москалю? Однії віри, – не цурайся.

Дядько все дивиться на вікна, на двері.

– Овва, який же баский! Чи не вітра в полі хочеш піймати?.. Да ти й сам, бачу, степовик… От же й не пробуй – не піймаєш. А лучче дай мені люльки запалити… Як же вам ведеться тут? – питає нас. – Почому в місті молодиці моторні та гарні? – моргає на мене.

– А в вас там як? – питаю в його.

– Як?! На вибір дають, на людськую волю: хоч утопись, хоч так загинь.

– Ох, мені лишечко! Годино моя! – зажурилась хазяйка.

Дядько тільки вуса покрутнув.

– А стара? – питаю.

– Живе. Стара все перетерпить. Кланяється вам.

Питаю за себе, що там пані казала.

– Еге! Було за вас обох панові на горішки: «Через твій, – каже, – розпуск двох робітників утеряли! Хто ж дурнем зостався?» – се все пані; а я скажу: дурень не дурень, а, стоячи перед нею, на розумного й трошки не походив.

Хазяйка тим часом вечеряти просить. А Назар достав із-за пазухи пляшку горілки і поставив на столі.

– Вип'ємо, – каже, – по повній, бо наш вік недовгий!.. Бувайте здорові, в кого чорні брови!

А дядько:

– Що се, – каже, – за горілка? Лучче води напитись, як такої горілки!

– Коли хто схоче, то нап'ється й води, – озвавсь Назар.

– Горілочка, здається, добра, – каже хазяйка.

– Бодай тому шинкареві таке життя добре! – одгримнувсь дядько. А проте випив іще, іще й іще. Вип'є і сплюне, налає і знов вип'є.

Стара дивується та головою хитає, а далі вже не стерпіла:

– Що ж ви так її гудите?

– Не твоє діло, бабо! – гукнув дядько. – Для приятелів п'ємо всяку.

– Та на здоров'ячко ж!

– Знайте нашу московську добрість! – додав Назар.

Вечеряємо, говоримо; а дядько п'є та й п'є, та й п'є. Зблід на лиці й на стіл схилився. Дивиться на нас із чоловіком та й каже:

– Ой ви, молодята, молодята! Недовго житимете вкупці… Та годі, не журіться!.. Пожили, порозкошували – і буде з вас. Бува й таке, що з сповиточку ласки-добра не знаєш, – вік звікуєш під палкою… Отак живи!.. Без роду, без плем'я, без привіту, без совіту, – на всіх розкошах!

А стара тоді до його:

– А де ж ваш рід, дядечку? Звідки ви самі?

– З кантоністів[19]! – одказав похмуро москаль. – З тих, коли чули, що нас у холеру поменшало. Роду нема, не знав і не знаю.

– А матуся ваша?

– Казав: не знаю!.. Чого дурно розпитувати?

– Отакеньки і я тепер безрідна! – каже хазяйка хлипаючи.

– Іще й вона між люди! – гукнув москаль. – Що твоє лихо!.. Плюнуть! Он лихо, то лихо: що нікого тобі згадати, ніхто й тебе не згадає; нікуди піти й ніде зостатись. Усі тобі чужі, і все, усе чуже: і хата, і люди, і одежа… Степовик! – мовляв (до Назара)… – Так, брате! Мене з степів узято… Ну, і славні, мабуть, тії степи були!.. Дай, бабо, горілки! Вип'ємо до дна, бо на дні молодії дні!

А в самого сльози котяться-котяться. І сміється він разом, і горілку п'є… Далі вже як упав на лаву, так і заснув.

– Ну, по сій же мові та будьмо здорові! – каже Назар. – Прощай, Прокопе-брате!.. Та ось трохи не забув. Приніс я тобі грошенят крихту: п'ять карбованців. Поживай здоров!

– Спасибі, брате! Не знаю, коли вже я приможуся тобі вернути.

– Гай-га! Аби живі були! Се не панські гроші – братерські: ними не зажуришся. Я собі зароблю: тепер я вільний хоч на півроку; з собаками не піймають.

Та й пішов, попрощавшись. Тільки його й бачили.

ГЛАВА XLVI

Господи милий! Яке ж то життя тоді наше було! Хоч і з бідою, хоч і з лихом, а таке ж то любе, таке благодатне! Легко зітхнути, весело глянути й думати: що зароблю, то все на себе; що й посиджу і поговорю, – нікого не боюся; робитиму чи ні, – ніхто мене не присилує, ніхто не займе. Чуюся на душі й на тілі, що й я живу.

Коли так навесні чутка: москалі виходять у поход!

– Неправда сьому! – вмовляю себе; а серце моє одразу почуло, що правда. А тут і наказ: у поход, у поход лагодитись!

Прокіп мене розважає, доводить мені, що се лихо дочасне, що повернусь, каже, – будемо вільні.

– Так, так! – кажу, – так, мій голубе!

А серце моє болить, сльози ринуть.

Вже й день походу намічений. Пішли ми в хутір попрощатись. Панів не було дома; тільки бабуся сама на господарстві. Бабусечко ж моя люба! А я її здалеку на вздвір'ї пізнала, а пізнавши, заплакала. Душею живою вона тільки жива була. Прибіжу до неї, обіймаю, як матір рідну.

– Чого ти плачеш, моя голубко? – питає мене стиха.

– Оце ви тут зостаєтесь, у сьому пеклі!

– Та вже ж тут, пташко. Тут я родилась, тут я хрестилась, тут сиротіла… тут і вмру, моя дитино.

– Та до смерті терпітимете?

– І терпітиму, пташко.

Поблагословила вона нас, як дітей рідних, обділила, чим мала. Попрощалися ми, пішли… Та й не раз, не два обертались, дивились. На порозі стоїть бабуся; навкруги тиша; скрізь ясно; з поля вітерець віє; з гаїв холодок дише; десь-то вода гучить; а високо над усім грає-сіяє вишнє промінясте сонечко…

ГЛАВА XLVII

Провела я чоловіка аж до Києва. У Києві служити зосталась, а він з військом кудись далеко на Литву пішов.

– Не суши себе слізьми, серденько! – приказував. – Я вернусь… сподіваюся. Сподівайся й ти. Дожидай мене!

Дожидаю… Що яка ти, служба, довга! Уже сім год, як він пішов. Чи то ж побачу коли?.. У своєму селі не була. Перечула через люди, що всі живі. Ведеться так, як і перш велося. Бабуся живе, терпить, а про Назара нема й чутки. Служу, наймаюся, заробляю. Що наша копійка? Кров'ю обкипіла! Та інколи й мені так легко, так-то вже весело стане, як подумаю, що аби схотіла, – зараз і покинути ту службу вільно. Подумаю такеньки – і року добуду. Якось розважить мене, підможе мене та думка, що вільно мені, що не зв'язані руки мої. «Це лихо дочасне, не вічне!» – думаю.

То як же мені свого чоловіка забути хоч на хвилинку? Він мене з пекла, з кормиги визволив!.. Та мене й бог забуде! Він чоловік мій, і добродій мій. Поздоров його, мати божа: я вільна! І ходжу, і говорю, і дивлюсь – байдуже мені, що й є ті пани у світі!

ПРИМІТКИ

1 – Дошимратися – докопатися, дізнатися.
2 – Туманити – дурити, морочити.
3 – Стеменний – дуже схожий, такий самий.
4 – Рубки – сувої тонкого полотна.
5 – Погориджа – пожарище, згарище.
6 – Зизий – косоокий.
7 – Оченьпати – одужати, піднятись після хвороби.
8 – Стяга – блискуча смуга.
9 – Задлятися – затримуватися.
10 – Помісь (помість) – немов.
11 – Труса – тривога, збентеження.
12 – Шамкая – швидка, моторна.
13 – Плохий – смирний, тихий, покірний.
14 – Наменути – натякнути.
15 – Коренити – лаяти.
16 – Із дранки та вберешся в переперанку… – Українське народне прислів'я. Дранка – зношений одяг, переперанка – сорочка, подерта від частого прання.
17 – Наковчити – наговорити.
18 – Істній – справжній.
19 – Кантоністи – солдатські сини, що від народження рахувалися за військовим відомством.

www.glagoslav.nl

www.ingramcontent.com/pod-product-compliance
Lightning Source LLC
Chambersburg PA
CBHW031957040826
48979CB00042B/532

* 9 7 8 1 8 0 4 8 4 1 0 8 2 *